Ye

19696

AV ROY.

SVR LA PRISE
DE LA ROCHELLE, ET
TRIOMPHE DE PARIS.

A PARIS,

Chez LOVYS BOVLANGER, ruë S. Iacques
à l'Image S. Louys, pres S. Yues.

M. D. C. XXVIII.

AV ROY.

SVR LA PRISE DE LA RO-CHELLE ET TRIOMPHE DE PARIS.

ODE.

La fin ces esprits rebelles
Dont les factions criminelles
Nous ont alarmé tant de fois,
Abatus sous vostre puissance
Ont rendu les derniers abois
De leur iniuste resistance.

Ces barbares ambitions
Qui parmy nos seditions
Maintenoient vne republique
N'ont plus d'ame ny de pouuoir,

A ij

Et la rage de l'Heretique
Rangee à son premier deuoir
Laisse voſtre Eſtat pacifique.

Mais que le bien de ceſte paix
Qui termine tous nos ſouhaits
A couſté de ſang & de larmes
Que la cruauté des combats
Fera long-temps rougir nos armes
Du carnage de leurs ſoldats!

Ceux que la haine de la France
Pour ſecourir leur inſolence
Ietta premiers ſur noſtre bord
A la mercy de nos courages,
Rencontrerent ſur noſtre port
Des tempeſtes & des orages
Qui ne ſouffloient rien que la mort.

Nos mouſquetades fauorables
Au deſtin de ces miſerables
Pouſſant ces colloſſes dans l'eau,
Leur faiſoient au milieu de l'onde

Le plus honorable tombeau
Qu'ils peussent esperer au monde.

Les autres à qui le malheur
Fit esprouuer nostre valeur
Dans la meslee des batailles,
Couuerts de playes & de coups
Ont rencontre dans les entrailles
Des Chiens, des Corbeaux & des Loups
La pompe de leurs funerailles.

Les poltrons qu'vn plus heureux sort
Poussa derech'f à leur bord,
Eschappez de ce grand orage.
Gardent encore la paleur
Que peignit dessus leur visage
La crainte de nostre valeur.

Ainsi cet appareil de guerre
Qui sembloit captiuer la terre
Du seul nombre de ses vaisseaux,
Sert de triomphe à nostre gloire,
Qui dresse dessus nos creneaux

Des trophees à la victoire
De la prise de leurs drapeaux.

Cependant ces ames de roche
Qu'vn si frais exemple & si proche
Menaçoit d'vn pareil succez,
Esperant brauer nos Genies
Ont desployé tous les excez
Qu'ont inuenté leur felonnies.

Dites moy race des enfers
Qu'ont seruy tant de maux soufferts.
Les funerailles de vos peres,
La mort de vos plus chers enfans,
Le desespoir de vos affaires,
Ont ils rendu plus triomphans
Les desseins de nos aduersaires?

Vos sens estoient bien hebetez,
Vos cœurs estoient bien enchantez,
De vous perdre dans l'esclauage
Qu'imposent les barbares loix

Pour euiter le iuste hommage
Que vous deuez rendre à nos Roys.

Encores quand les destinees
Eussent secondé vos menees,
Au dessein de ce changement,
Qu'eussent seruy vos tragedies,
Qu'à vous vendre plus cherement
La honte de vos perfidies
Et vous perdre eternellement?

Nous eussions puny vos malices
Des plus effroyables supplices
Que meritent les trahisons
Vous eussiez esté nostre proye
Et la flamme de vos maisons
Nous eut seruy de feu de ioye.

Pourquoy donc, auons nous permis
A ces barbares ennemis
D'esuiter la rigueur des peines.
Ou les plongeoient les estrangers,

Qui sous des apparances vaines
Les precipitoient aux dangers
Qu'ils auoient couru dans nos pleines.

Que dira la posterité
Quand la voix de la verité
Faisant recit de leurs outrages
Descouurira tant de bien-faicts
Dont la grandeur de nos courages
A recompensé leurs forfaicts?

Quelles ames assez faciles
Lisans dans nos guerres ciuiles
L'insolence de ces mutins,
Oseront croire que l'audace
N'ait extorqué de nos destins
La facilité de la grace
Qu'ont obtenu ces libertins

Pour estouffer toutes les flammes
Que les fureurs de ces infames
Ont allumé depuis cent ans,
Il faloit lascher nos coleres

Et

Et vanger deſſus les enfans
Les iniquitez de leurs peres.

Aſin qu'aux ſiecles a venir
Le lamentable ſouuenir
De ces effroyables ſupplices,
Aprit aux p'us ſeditieux
Que le ſecret de nos polices
Eſt d'eſtouffer les vicieux
Aſin d'en eſteindre les vices

Deſia les plus intereſſez
Mouroient dans la rage & l'excez
Nous allions acheuer la guerre,
Et ſi le Roy nous l'eut permis
Nous euſſions depeuplé la terre
De telle ſorte d'ennemis.

Quand (ô l'excez de la clemence)
Ce grand Roy qui depuis l'enfance
Endure dedans ſes Eſtats
Toute ſorte de ſacrileges
De ces infames Apoſtats,

B

Les ayant pris dedans leurs pieges
A pardonné leurs attentats.

Iuste Roy genereux Monarque
Il n'est point de plus belle marque
Pour estaler vos actions
Dans les Temples de la memoire,
Et pour rendre les nations
Tributaires a vostre gloire.

Si chaque crime des humains
Sentoit les rigoureuses mains
De la punition diuine:
Le monde seroit odieux
Les Autels iroient en ruyne
Et chacun se fairoit des Dieux
Pour conseruer son origine.

Mais ce puissant maistre des Roys
Qui separe d'vn iuste choix
Le crime d'auec l'innocence,
Par la douceur de ces bienfaits

Semble flater noftre infolance
Et fauorifer nos mesfaits:

Toutefois ces grands benefices
Font plus fumer de facrifices
Afin d'aquerir fa faueur
Que pour euiter fon tonnerre:
Et ce beau tiltre de Saüueur
Que luy donne toute la terre
Encourage noftre feruueur.

Vous grand Roy qui parmy vos graces
Auez defia marqué les traces
Qui font recognoiftre les Dieux,
Receuez la douce fumeé
De tant de feux ingenieux
Sacrez à voftre renommee.

Receuez ores les guerdons
De tous ces loüables pardons
Concedez à la violance;
Rendez nous cet aymable iour
Que la rigueur de voftre abfence

Et les Eclipses de la Cour
Ont rauy long-temps à la France.

Paris ouurant tous ses Thresors
A redonné la vie aux morts
Pour adiouster à vostre gloire
Tous les plaisirs delicieux
Dont les honeurs de la victoire
Flattent les cœurs ambitieux.

Et puis qu'il n'est point de merueille
Qui charme la veuë & l'oreille,
Auec vn si puissant effort
Comme font nos pompes publiques,
Où l'honneur qui semble estre mort
Repetant nos faits heroyques
Nous vange du temps & du sort.

Scachez qu'au milieu de nos festes
Le seul recu de vos conquestes
Nous donne plus dequoy parler
Que l'histoire de tout le monde,
Que tous les changemens de l'air,
Ny que tous les thresors de l'onde.

J'oy le concert de mille voix
Qui se picquent à chaque fois
A qui tiendra mieux sa partie
Et dans ce glorieux dessein
On iugeroit qu'ils ont enuie
De se tirer l'ame du sein
Afin de loüer vostre vie.

Icy les Peintres plus parfaits
Lors qu'il faut Peindre vos hauts faits,
Pour bien accomplir leur ouurage
Font vn ingenieux rideau,
Confessans que vostre courage
Surpasse les traicts du pinceau.

Ceux qui cherchent dans la nature
Le vif esclat de la peinture,
Dressent à vos exploits guerriers
Des couronnes & des ouales,
Ou les branches des oliuers
Sont les perles & les opales
Qui reluisent dans vos lauriers.

Icy la pompe & lalegreſſe
L'eſclat la ioye & la richeſſe
Se meſlent ſi confuſement,
Que ſans aucune repugnance
Ils ſe dounent eſgalement
L'aduantage & la preſſeance.

La lueur de nos diamans
A fait trouuer des firmamens
Dans les ruës plaines de fanges,
Et nos accens melodieux
Nous font oüir la voix des Anges,
Qui donnent de l'enuie aux Dieux
Par le recit de vos loüanges.

L'ardent deſir de vous reuoir
Sollicitant noſtre deuoir
Faiɛt marcher les paralitiques,
Comme ſi voſtre ombre & voſtre œil
Ayant gardé les Heretiques
Nous venoit ſauuer du cercueil.

Ceux qu'vn plus chaud deſir emporte
Et qui d'vne vigueur plus forte

Courent apres leurs paſsions,
Amoureux de voſtre ſeruice
Relaſchent de leur functions
Pour vous offrir en ſacrifice
Leurs vœux & leurs affections.

A ceſte pompe ſolemnelle
L'innocent auec le rebelle
Font fumer la mirrhe & l'encens,
Et ceux qui deſirent paroiſtre
Encores plus obeyſſans
Bruſlent le ſoufre & le ſalpetre.

Ainſi fut receu dans les cieux
Le Roy des hommes & des Dieux,
Apres qu'il eut reduit en poudre
Tous ces ambitieux Geans
Que l'orgueil auoit fait reſoudre
De quiter les crus Etneans
Et de luy quereler ſa foudre.

Qu'il fait beau dans cet appareil
Voir le chariot du Soleil

Tiré par le Dieu de la guerre,
Portant cet aſtre de la Cour
Qui ſans flammes & ſans tonnerre
Rameine la paix & l'amour.

Souuerains maiſtres des annees,
En faueur de nos deſtinees,
Laiſſez viure noſtre bon heur,
Ne troubles point nos aduantures,
Vos Autels auront de l honneur
Quand nos proſperitez futures
Recognoiſtront voſtre grandeur.

Auiourd'huy que noſtre fortune
Ne releue point de Neptune
Ny de Iupiter ny de Mars,
Que le Roy domptant nos furies
A fait mourir dans nos hazards
Les autheurs de nos tueries.

Donnons à nos reſſentimens
Tous les aueugles mouuemens
D'vne amoureuſe violence

Et que la memoire des vœux
Sacrez à la recognoiſſance
Face enuier à nos neueus
La gloire de noſtre naiſſance.

Quand à ſes exploits genereux
Qui donnent aux plus valeureux
Vn exemple dans ſes proüeſſes,
Laiſſons cet honorable ſoing
A nos Dieux & à nos deeſſes,
Qui l'ont ramené de ſi loing.

Qui voyant le filet des Parques
'Auſſi foible pour les Monarques
Que pour le moindre des humains,
Affin de proionger ſa vie
L'ont retiré d'entre leurs mains,
Et tiré ſerment de l'enuie
De ſe ſoubmettre à ſes deſſeins.

Par ſon tres-humble ſeruiteur,
& tres-obeiſſant ſuiet.
DELAVAV, Bourdelois.

www.ingramcontent.com/pod-product-compliance
Lightning Source LLC
Chambersburg PA
CBHW061421170626
46811CB00005B/2076